Grandfather's Story Cloth

Yawg Daim Paj Ntaub Dab Neeg

Written by Linda Gerdner and Sarah Langford

Illustrated by Stuart Loughridge

Shen's Books, *an imprint of* Lee & Low Books Inc.

New York

Book design by Laurel Ann Mathe, Mystic Design, Inc.
The text is set in Adobe Jenson Pro
Book production by The Kids at Our House

Manufactured in China by Regent Publishing Services, March 2015
10 9 8 7 6 5 4 3 2 1
First Edition

Library of Congress Cataloging-in-Publication Data
Gerdner, Linda.
Grandfather's story cloth / written by Linda Gerdner and Sarah Langford;
illustrated by Stuart Loughridge.
p. cm.
Summary: Ten-year-old Chersheng helps his beloved grandfather cope with his
failing memory, brought on by Alzheimer's disease, by showing him the story quilt
Grandfather made after fleeing his homeland, Laos, during wartime.
ISBN 978-1-885008-65-7 (paperback)
[1. Grandfathers—Fiction. 2. Alzheimer's disease—Fiction. 3. Memory—Fiction.
4. Quilts—Fiction. 5. Laotian Americans—Fiction. 6. Family life—Fiction.]
I. Langford, Sarah. II. Loughridge, Stuart, ill. III. Title.
PZ7.G2938Grd 2008   [E]—dc22   2008000569

MIX
Paper from
responsible sources
FSC® C013314

"This book is dedicated to the heroic efforts of the Hmong people who helped the United States during the Vietnam War and to the family members who now lovingly care for them."

~ Linda Gerdner

Chersheng ran home from school. He couldn't wait to show Grandfather his third grade art project.

But Grandfather was nowhere in the house. Chersheng worried that Grandfather had wandered outside and lost his way. The door to the back yard had been left open. Chersheng went to close it, and saw Grandfather outside.

"Grandfather, what are you doing?"

Chersheng dhia mus tsev ntawm nws lub tsev kam ntawd. Nws tos tsis taus los qhia rau nws Yawg txog nws daim duab ntawm nws hoob kawm ntawv qib peb uas qhia kos duab.

Tabsis mas tsis pom Yawg hauv lub tsev li. Chersheng txhawj hais tias ntshe Yawg mus yos tawm rooj lawm es nrhiav tsis tau kev rov los tsev lawm. Lub qhov rooj txuas nram qab tsev kuj muab qhib lawm. Chersheng mus kaw lub qhov rooj, thiab pom Yawg nyob sab nrauv.

"Yawg, koj ua dab tsi?"

Instead of weeding his garden or trimming the bitter melon vines, Grandfather was gathering branches. "We need wood," said Grandfather. "Come, I need help. We must start a fire."

"Why do we need a fire?"

"To cook dinner, of course. How else could we cook?"

Chersheng sighed. He knew that Grandfather had forgotten about Mother cooking dinner on the gas stove. When Grandfather first started forgetting, Father had built a tall fence and installed a sturdy gate with a special latch so Grandfather would remain safe in the yard.

Chersheng pointed. "Look, there's the last bitter melon. Do you want to pick it?"

"Ah, my favorite. Come, let us see if it is ripe." Grandfather put aside the branches. He held the long bumpy vegetable in both hands like it was newfound treasure. "Not yet ready for harvest."

Mother called, "Dinner's ready!"

Yawg tsis xum txiav cov nroj hauv nws daim teb los yog tu nws cov hmab dibiab, tabsis nws khaws cov ceg ntoo dam. "Peb tau nrhiav tawv," Yawg hais. "Los, kuv xav muaj kev pab. Peb yuav tsum tau rauv taws."

"Ua cas peb ho yuav siv hluav taws?"

"Tau ua hmo, los mas. Tsis yog li peb yuav ua tau mov li cas?"

Chersheng tso pa ib vuag. Nws paub hais tias Yawg tsis nco qab txog hais tias Niam ua mov siv lub qhov cub nplaim gas. Thaum uas Yawg niam qhuav pib tsis nco qab ntawd, Txiv tau xov cov lajkab siab siab thiab ua ib lub qhov rooj vag nrog rau ib tug liaj qhovrooj kom Yawg thiaj li tsis muaj teeb meem hauv lub qab vaj tsib taug.

Chersheng taw tes. "Saib seb, tsuas tshuav ib lub dibiab no lawm xwb. Koj puas xav de lub dibiab no?"

"Ah, kuv nyiam heev li. Los, peb mam li mus saib seb puas tau siav." Yawg muab cov ceg ntoo faib vog cia ib sab. Nws tuav lub co zaub ntev nyob rau ntawm nws ob txais tes zoo li nws yog ib yam khoom tawm tshiab uas muaj nuj nqe heev. "Tseem tsis tau zoo de."

Leej Niam hu, "Mov siav tag lawm, los noj mov!"

Filling a bowl of bitter melon soup made just for Grandfather, Mother said, "Chersheng, make sure you wash before you eat."

Chersheng helped his little brother Tou wash his hands in the bathroom, and helped set the table.

Mother said, "Father, don't forget to wash your hands."

As Grandfather returned from the bathroom, Chersheng asked him, "What do you think of my art project?"

"Nice." Grandfather slurped his soup so loudly that Chersheng knew he was happy.

Then Chersheng noticed the sound of running water from the bathroom. He leapt up to turn off the faucet, but it was too late. Left by the sink, Tou's blanket was soaked. Tou began to cry when he saw his wet blanket.

"It's just a little water," scolded Chersheng. "It's not a big deal. Stop being a baby."

Grandfather had forgotten to turn off the water again. One never knew what Grandfather would forget.

Tab tom muab cov kua dibiab rau hauv lub tais uas yog ua rau Yawg, leej Niam hais tias, "Chersheng, nco qab ntsoov ntxuav koj tes tag tso ua ntej koj yuav noj mov."

Chersheng pab nws tus kwv yau Tou ntxuav nws txhais tes nyob rau hauv chav da dej, thiab pab rau lub rooj noj mov.

Leej Niam hais tias, "Koj txiv, tsis txhob hnov qab ntxuav koj txais tes nawb."

Thaum Yawg rov qab los tom chav da dej los, Chersheng nug nws hais tias, " Koj hos xav li cas rau kuv daim duab no?"

"Nws zoo nkauj heev." Yawg nqos nws cov kua dibiab nrov heev thiaj ua rau Chersheng paub hais tias nws Yawg zoo siab heev li.

Chersheng txawm hnov lub suab nrov tso dej nyob tom chav da dej. Nws dhia sawv mus tua tus kais dej, tiamsis mas thaum nws mus txog ces twb lig dhau lawm. Nyob rau tom lub dab ntxuav muag, Tou daim pam twb ntub dej tag lawm. Tou thiaj li pib quaj thaum nws paub nws daim pam ntub tag.

"Tsuas yog ntub dej me me xwb ne." Chersheng cem. "Twb tsis yog ib yam dab tsi loj loj. Tsis txhob ua txuj ua li tus me mos ab."

Yawg rov qab tsis nco qab tua dej thiab. Yeej tsis muaj leej twg paub hais tias Yawg yuav tsis nco qab dabtsi rau tom ntej li lawm.

8

Later that night, a great shout from Grandfather's room woke Chersheng and his parents, and they all ran to his bedside.

"What's wrong?" asked Chersheng, frightened.

"Where am I? I want to go home!" Grandfather sat up in his bed. He pointed to Mother and Father. "Who are you?"

Before they could answer, Grandfather turned to Chersheng. "Fong, what are you doing here?"

"Grandfather, don't you recognize me?"

"Fong, why are you calling me Grandfather? You are my younger brother."

"I'm Chersheng. I'm your grandson."

"What nonsense. I have no grandson."

Chersheng couldn't believe his ears. He blinked away sudden tears and ran to his room. In the past year, Grandfather had done so many forgetful things like leaving the water running or leaving the back door open. But this was the worst. Grandfather had never forgotten Chersheng.

Chersheng sat on his bed and felt hot moisture well in his eyes, but the tears would not fall. He did the only thing that always made him feel better. He drew.

Nyob rau yav lig zog hmo ntawd, ib lub suab qw tom Yawg hoob tuaj ua rau Chersheng thiab nws niam thiab nws txiv, thiab lawv sawv daws thiaj li tau khiav mus nyob ntawm nws yawg lub txaj pw ib sab.

"Yog ua li cas?" Chersheng nug, ntshai ntshai heev.

"Kuv nyob rau qhov twg? Kuv xav mus tsev!" Yawg sawv los zaum ntawm nws lub txaj. Nws taw tes rau Niam thiab Txiv. "Nej yog leejtwg?"

Ua ntej lawv yuav hais tau lus tawm, Yawg tig mus rau Chersheng. "Fong, koj tuaj ua dabtsi ntawm no?"

"Yawg, koj tsis nco qab kuv lawm los."

"Fong, ua cas koj thiaj li muab kuv hu ua koj Yawg? Koj twb yog kuv tus kwv yau ne."

"Kuv yog Chersheng. Kuv yog koj tus tub xeeb ntxwv."

"Hais lus tsis muaj qab hau li. Kuv twb tsis muaj tub xeeb ntxwv."

Chersheng yeej ntseeg tsis tau qhov nws hnov ntawm nws lub pob ntseg li. Nws tig mus nrais muag ces kua muag poob dawb vog thiab khiav mus tom nws chav pw lawm. Lub xyoo dhau los, Yawg tau ua ntau yam uas tsis nco qab xws li cia tus kais dej los, los yog cia qhov rooj txuas qhib. Tamsis mas qhov no yog qhov phem tshaj. Yawg yeej tsis tau hnov qab txog Chersheng li.

Chersheng zaum ntawm nws lub txaj thiab hnov kua muag puv qhov muag tag, tamsis mas cov kua muag yeej tsis poob. Nws tsuas yog ua yam uas yuav ua tau rau nws zoo siab xwb. Nws kos duab.

"What are you making?" Mother asked as she entered the room.

"I'm drawing me and Grandfather. Like he used to be. Grandfather who knows my name. I want him back." Chersheng focused on drawing Grandfather's smile.

Mother gave him a big hug. "I have something for you." It was a picture of Grandfather smiling and holding a baby.

Chersheng asked, "Is that baby Tou?"

"No, this baby is you. Grandfather was so proud. His first grandson, he kept saying over and over again. He will always love you."

"But he forgot my name." Chersheng wiped away the wet from his eyes.

Mother said, "The doctors say he has Alzheimer's disease so his brain is slowing down. That's why sometimes he can't remember your name or my name or Daddy's name or little Tou's name."

"Can't we speed his brain back up?"

"I wish we could, but Alzheimer's is more complicated. It will be difficult for him to remember and think."

"So Grandfather will not get better?"

"He will only grow more confused. We must continue to love and respect him, even when he does not remember." Mother looked at Chersheng's art. "Your drawing is getting much better. This reminds me." She left the room.

"Koj ua dabtsi na?" Leej Niam nug thaum nws nkag los hauv lub chav pw.

"Kuv tsuas yog kos kuv thiab Yawg wb daim duab xwb. Zoo li thaum nws yog yav tas los. Yawg uas tus paub kuv lub npe. Kuv xav tau nws rov qab los." Chersheng rau siab los kos nws Yawg lub ntsej muag luag ntxhi.

Leej Niam thiaj li puag kiag nws. "Kuv muaj dabtsi rau koj." Nws yog ib daim duab uas yog Yawg luag ntxhi thiab puag ib tus me-nyuam.

Chersheng nug hais tias, "Tus me ab no puas yog Tou?"

"Tsis yog, tus me ab no yog koj. Yawg zoo siab heev li. Yog nws thawj tug tub xeeb ntxwv, nws hais tag los hais thiab. Nws yeej yuav hlub koj mus tas ib txhis."

"Tiamsis mas nws twb tsis nco qab txog kuv lub npe lawm." Chersheng so nws cov kua muag ntawm nws lub qhov muag.

Leej Niam hais tias, "Kws tshuaj hais tias nws tau tus mob Alzheimer (Kab mob Tsis Nco Qab) yog li ntawd nws lub pajhlwb yuav khiav qeeb heev. Yog vim li ntawd muaj qee zaus nws thiaj li tsis nco qab txog koj lub npe los kuv lub npe los yog koj Txiv lub npe los si yog me ab Tou lub npe lawm."

"Peb yuav pab puas tau kom Yawg lub hlwb rov qab khiav ceev tuaj?"

"Kuv xav kom peb pab tau, tamsis mas tus mob Alzheimer (Kab mob Tsis Nco Qab) yog ib yam tsis yooj yim. Nws yuav nyuaj heev rau Yawg kom nws rov nco qab thiab paub xav."

"Yog li ces Yawg yeej yuav tsis zoo li?"

"Nws tsuas yog yuav muaj tsis tau taub ntxiv mus lawm xwb. Peb yuav tsum tau hlub thiaj hwm nws, txawm hais tias nws yuav tsis nco qab." Leej Niam ntsia Chersheng cov duab kos. "Koj cov duab kos no nws zoo nkauj zog tuaj lawm. Qhov no ua rau kuv nco qab txog kuv tus kheej." Nws tawm hauv lub chav mus lawm.

She came back with a large blue cloth.

"What's that?" asked Chersheng. He had never seen it before.

"Many years before you were born, Grandfather made this story cloth. It shows his life in Laos. He has sacrificed so much for our family. After I married your father, Grandfather gave me guardianship of this story cloth. Now that you're ten, you can take care of it, too."

Chersheng and Mother unfolded the blue cloth.

Nws rov qab los nrog ib daim pam xiav loj.

"Qhov kov yog dabtsi?" Chersheng nug. Nws tsis tau pom dua li.

"Ntau xyoo dhau los ua ntej thaum koj yuav yug, Yawg ua tau daim paj ntaub dab neeg no. Nws qhia txog Yawg lub neej qub qab thaum nyob rau nplog teb. Yawg tau muab siav ciaj pauv siav tuag rau peb tsev neeg. Tom qab thaum kuv yuav koj txiv, Yawg muab kuv ua tus tswv saib xyuas daim paj ntaub dab neeg no. Tam si no koj twb muaj kaum xyoo lawm, koj yuav yog tus pab kuv tswj saib thiab.

Chersheng thiab Leej Niam muab daim paj ntawb xiav los qhib.

The next day after school, Chersheng was drawing with Tou when Tou said suddenly, "Grandfather's stupid."

"Grandfather's not stupid. He just forgets," said Chersheng. "You're only three. Too little to remember Grandfather before he started forgetting."

"He's always forgetting. He's useless."

Annoyed, Chersheng went to his room, brought back the story cloth and unfolded it on the coffee table. "Grandfather's not useless. He made this." Chersheng pointed to the one word stitched on the cloth. "That's Laos, his old country."

But Tou was not impressed. "This cloth is silly. I like my blanket better."

Chersheng was about to say Tou was silly when Mother and Grandfather arrived from the kitchen. "Nap time," Mother announced, and carried Tou away.

Chersheng pointed at the story cloth and asked Grandfather, "Why is she stepping on the see-saw?"

Tagkis tom qab kawm ntawv tag, Chersheng los nrog Tou kos duab ces Tou txawm hais tias "Yawg ruam."

"Yawg tsis ruam, tsuas yog nws tsis nco qab lawm xwb," Chersheng hais. "Koj tsuas yog peb xyoo xwb. Tseem yau heev li yeej tsis nco qab txog Yawg ua ntej nws pib tsis nco qab."

"Nws tsuas yog tsis nco qab tas mus li xwb. Nws twb siv tsis tau li."

Toog ntsej heev, Chersheng thiaj li khiav mus tom nws chav lawm, rov mus nqa tau daim paj ntaub dab neeg thiab muab nws nthuav rau ntawm lub rooj haus tshuaj yej. "Yawg tsis yog ib tus neeg siv tsis tau. Nws ua tau qhov no." Chersheng taw tes rau tus mem ntawv uas nyob rau hauv daim paj ntaub. "No yog Nplog teb, nws lub qub teb chaw."

Tamsis mas Tou twb tsis pom dabtsis zoo txog li. "Daim paj ntaub dab neeg no mas ua cas yuav txaus luag ua luaj. Kuv tseem nyiam kuv daim pam vov tshaj."

Chersheng tab tom yuav hais tias Tou yog tus neeg uas thiaj li txaus luag tabsis mas leej Niam thiab Yawg ho los tom chav ua mov noj los. "Txog caij pw lawm," Leej Niam hais, thiab nqa Tou mus lawm.

Chersheng taw tes rau daim paj ntaub dab neeg thiab nug nws Yawg, "Ua cas tus poj niam thiaj li tsuj lub cos?"

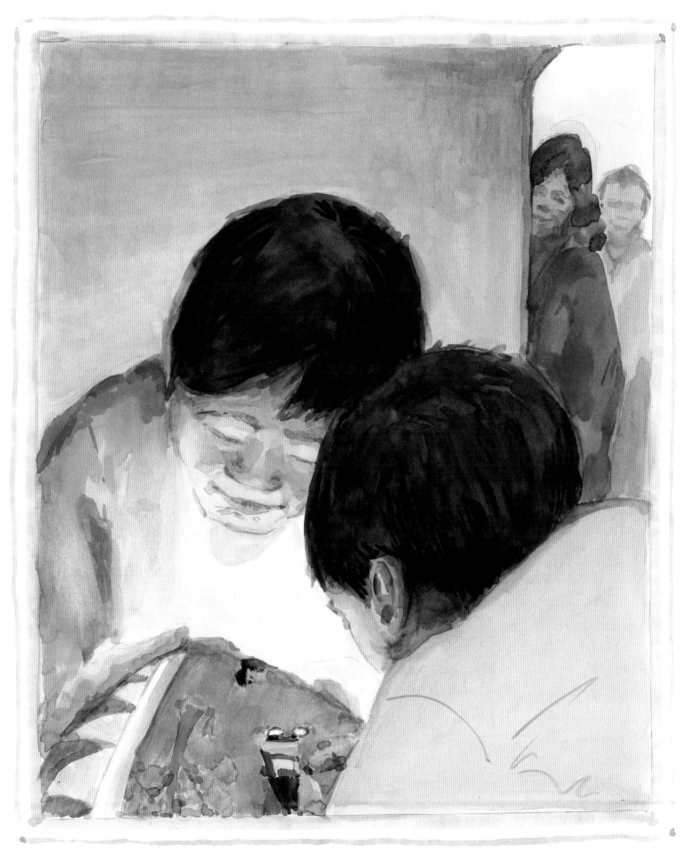

Grandfather's finger followed Chersheng's. "That is a rice pounder. We used it to remove the husk from the rice. I was a simple farmer, and every farmer pounded rice. Every day I awoke to the second crow of the rooster, farmed the land from dawn until dusk, and respected the spirits. I grew rice, corn, and pumpkin to feed my family, and bitter melon especially for my grandparents. We cooked our meals on an open fire. Life was peaceful and good."

"Who are those men in green?"

"Soldiers. They burned our houses and destroyed our crops." Grandfather sighed. "Many Hmong were forced to fight."

Yawg taw tes raws qab Chersheng. "Lub kov yog lub tuav txhuv. Peb siv nws los tshem lub plaub ntawm lub txhuv. Kuv yog ib tus neeg ua liaj ua teb, thiab txhua leej txhua tus los yeej tuav nplej. Txhua tag kis sawv ntxov kuv yeej sawv thaum qaib quaj ob rig, ua teb thaum hnub tsis tau kaj txog rau thaum lub hnub poob nram qho npoo ntuj, thiab hwm tej ntsuj plig. Kuv cog nplej, pob kws, thiab taub coj los cawm kuv tsev neeg, thaib dibiab los rau kuv pog-yawg. Peb ua mov noj nyob rau saum hluav taws. Peb lub neej nyob tau ywj pheej thiab zoo heev.

"Cov txiv neeg uas hnav ntsuab no yog leejtwg?

"Tub rog. Lawv hlawv peb cov tsev thiab rhuav tshem peb tej qoob." Yawg ua pa tob tob. "Feem Hmoob coob yog raug yuam mus sib ntaus sib tua."

"Did you fight?"

"Yes, I needed to protect my family and our way of life. But the soldiers were too strong. We had to leave our highland home and escape through the jungle. Many family and friends died, including my brothers Ger and Fong." His voice wobbled at the names. He closed his eyes.

"I'm sorry." Chersheng slipped his hand against Grandfather's rough fingers and squeezed. "What happened after the war?"

"Koj puas tau sib ntaus sib tua?"

"Tau, kuv yuav tau los tiv thaiv kuv tsev neeg thiab peb lub neej. Tamsis mas cov tub rog lawv muaj zog heev. Peb thiaj li tau khiav tawm ntawm peb lub tsev tojsiab thiab khiav tawm mus nyob tom havzoov thiaj dim. Muaj ntau tsev neeg thiab phoojywg tau tuag, nrog rau kuv tus kwv Ger thiab Fong." Nws lub suab tshee tshee rau cov npe. Nws qi nws ob lub qhov muag.

"Kuv thov txim." Chersheng cev tes mus rau nws Yawg txhais tes ntxhib ntxhib thiab muab zuaj. "Ua li cas ntxiv tom qab lub caij sib ntaus sib tua tag lawm?"

"It was not safe to live in Laos, so we crossed the river to Thailand. For five years we lived in a refugee camp with many families sharing a barrack house and a small garden. We made story cloths."

"You made this cloth in Thailand?"

"Yes. We sold the story cloths, and the money we earned paid for food, medicine, and clothing. We were homesick for Laos but also hopeful to go to America."

Chersheng traced the little stitched people who had survived the terrible war. "Your trip to America is not in your story cloth. Why don't you make a new story cloth?"

Grandfather's rough, knotted fingers moved along the story cloth's border like a blind person's fingers reading Braille. He shook his head as he stood. "I have left my sewing behind."

"Nws tsis ywj pheej nyob rau Nplog teb, yog li peb thiaj tau hla dej tuaj rau Thaib teb. Peb twb nyob hauv lub nroog poob teb chaws tau tsib xyoo nrog rau ntau tsev neeg sib txiv nyob tej vaj tsev pheej suab nrog ib daim teb zaub me me. Peb thiaj tau ua daim paj ntaub dab neeg."

"Koj ua daim paj ntaub dab neeg no nyob Thaib teb lov?"

"Yog kawg. Peb muag cov paj ntaub dab neeg no, thiab cov nyiaj uas peb khwv tau yog coj mus yuav zaub mov noj, tshuaj, thiab khobncaws. Peb nco txoj lub teb chaws Nplog tiamsis mas tseem muaj kev cia siab yuav tau tuaj teb chaw America (Ameslikas)."

Chersheng muab tes rawv cov me nyuam duab uas tau ciaj sia rau lub caij sib ntaus sib tua. "Koj txoj kev tuaj rau lub teb chaw Ameslikas tsis nyob rau koj daim paj ntaub dab neeg. Ua cas koj thiaj li tsis muab coj los ua ib zaj paj ntaub dab neeg tshiab?"

Yawg txhais tes ntxhib ntxhib khiav nrog rau zaj paj ntaub dab neeg cov ntug zoo li ib tus neeg dig muag txhais tes los nyeem cov ntawv dig muag. Nws cos cos nws lub taub hau thaum nws sawv. "Kuv twb muab kuv txoj kev ua paj ntaub tso tseg lawm."

The next day Chersheng raced home from school to hear more of Grandfather's stories. Chersheng opened the door to the back yard and saw Grandfather in the garden on his hands and knees.

"Wait, Chersheng," Mother said. "I think we should leave Grandfather alone."

"But he's picking vegetables, just like he used to. He's back."

"I'm afraid not. He is burying the silver bar that he brought with him from Laos."

"Like treasure?"

"Yes, treasure to keep safe for his family." Mother nodded. "Except he thinks he is in Laos, not America."

Chersheng felt a weight settle on his shoulders like when he gave Tou a piggy-back ride. Grandfather was forgetting again.

Tagkis Chersheng khiav los tsev thaum kawm ntawv tag los mloog nws Yawg piav dab neeg. Chersheng qhib lub qhov rooj nyob tom qab lub rooj vag lajkab thiab pom nws yawg nyob tom teb txhos tes txhos caug.

"Tos, Chersheng," Leej Niam hais. "Kuv xav tias yuav zoo dua yog wb cia Yawg nyob ib leeg."

"Tamsis mas nws tsuas yog de zaub, zoo li yav tag xwb. Nws rov qab los lawm."

"Kuv ntshai hais tias yuav tsis yog. Nws muab cov nyiaj choj uas nws nqa tim teb chaws Nplog coj los faus."

"Zoo li yam khoom muaj nqis?"

"Yog, yam khoom muaj nqis yuav khaws kom zoo rau nws tsev neeg." Leej Niam co taub haus. "Tsuas yog hais tias nws xav tau tias nws tseem nyob rau Nplog teb, tsis yog Ameslikas."

Chersheng hnov zoo nkaus li leejtwg muab tag nrho nws lub zog los pw ntawm nws lub xwbpwg zoo li thaum nws ev Tou. Yawg rov tsis nco qab duas lawm thiab.

Chersheng went to his room to draw, but this time even drawing didn't make him feel better. He took out Grandfather's story cloth and spread it on his bed, but that didn't make him feel better either. He knew that Grandfather would never be the same.

Chersheng gazed out into the back yard where he could see some weeds in the flower beds. Grandfather used to tend the garden daily before he started forgetting. The last bitter melon still hung on the vine.

Then Chersheng had an idea.

He worked for hours. He cut, colored, drew, folded and glued. He finished before dinner and rushed to the family room. "Look what I made!"

Chersheng mus rau tom nws chav mus kos duab, tamsis mas zaum no nws kos duab los ua cas nws tsis zoo siab li lawm. Nws coj Yawg daim paj ntaub dab neeg thiab muab thuav rau saum txaj, tamsis mas nws yeej tseem tsis tau zoo siab thiab. Nws paub hais tias Yawg yuav tsis zoo li tus qub lawm.

Chersheng ntsia mus rau nraum zoov ua rau nws thiaj li pom cov nroj nyob nrog rau cov paj. Yawg yeej ib txwm tu cov paj ua ntej thaum nws yuav tsis nco qab. Lub dibiab thib kawg tshaj plaws tseem nyob ntawm tus kav.

Ces Chersheng muaj ib lub tswv yim.

Nws ua hauj lwm tau ntev heev. Nws txiav, kos xim, kos duab, tais thiab nplaum. Nws ua tiav ua ntej noj hmo thiab khiav mus rau tom hoob tsev neeg nyob. "Saib seb kuv ua tau dabtsi!"

"What's going on?" Mother came from the kitchen.

Chersheng unfolded his creation. "Look, I made our family's story collage. That's you, Grandfather, coming to America. That's me. That's Mother and Father. That's Tou. This is our house, your garden, and we are growing vegetables." Chersheng pointed at the photograph at the center of the collage. "That's you and me when I was a baby. These are your American memories."

"How wonderful," Mother exclaimed. "Father, what do you think?"

With a square finger, Grandfather traced the faded photograph of himself coming to America.

"How far I have traveled," said Grandfather softly. "I have not seen my homeland in over twenty years."

"Do you want to go back?" asked Chersheng, remembering Grandfather's bravery and sacrifice during the war.

Grandfather sighed and closed his eyes for so long Chersheng thought he had forgotten the question.

"I will always keep Laos safe in my heart," said Grandfather. "But my true home is with my family, with you, and you are all here. As long as you are safe, I am happy."

Chersheng felt a warmth spread through his body. "Grandfather, we are all safe." And filled with happy memories.

"Muaj dabtsi txawv txav?" Leej Niam khiav los ntawm hauv ua mov noj.

Chersheng tuav nws qhov yeeb yam. "Saib seb, kuv ua tau peb tsev neeg zaj dab neeg duab. Tus ntawd yog koj, Yawg, tuaj rau Ameslikas. Tus no yog kuv. Tus ntawv yog Niam thiab Txiv. Tus no yog Tou. Qhov no yog peb lub tsev, koj qhov teb zaub, thiab peb cog zaub." Chersheng taw tes rau cov duab nyob rau hauv nruab nrab. "Tus ntawv yog koj thiab kuv thaum wb tseem yog me ab. Cov no yog koj cov dabneeg Ameslikas."

"Zoo heev." Leej Niam zoo siab. "Txiv, koj hos xav li cas?"

Cov tes tuav, Yawg kov raws cov duab uas pom tsis tshuas zoo uas yog ntawm nws tus kheej tuaj rau Ameslikas.

"Kuv tuaj deb npaum li no," Yawg hais lus yau yau. "Kuv tsis tau pom kuv lub teb chaws tau neesnkaum lub xyoo no."

"Koj puas xav rov qab mus?" Chersheng nug, nco txog nws Yawg txoj kev tawv thiab muaj peev xwm rau lub caij ua tsov ua rog.

Yawg ua pa tob tob thiab kaw nws lub qhov muag ntev ntev heev ua rau Chersheng xav hais tias ntshe nws tsis nco qab nws qhov lus noog yog li cas lawm.

"Kuv ib txwm muab Nplog khaws cia hauv nruab siab," Yawg hais. "Tamsis mas kuv lub tsev tiag tiag yog nyob nrog kuv tsev neeg, nrog koj, thiab nej sawv daws nyob tag nrho. Tsuas yog hais tias kom noj qab nyob zoo, kuv zoo siab lawm."

Chersheng hnov zoo li nws sov siab thiab ib cev xob tag. "Yawg, peb twb nyob ywj pheej." Thiab muaj txhua yam zoo nyob nruab siab.

About Alzheimer's Disease

In Grandfather's Storycloth, Chersheng's grandfather suffers from dementia, a term that means *a decline in intellectual and social abilities*. While dementia may be caused by many different diseases, Alzheimer's disease is the most frequent cause.

Alzheimer's disease gradually destroys brain cells, preventing the brain from working as it once did. A person with the disease becomes forgetful and has difficulty understanding and reasoning. The disease also progressively affects the person's judgment, ability to communicate, and daily activities. These symptoms often make the person feel confused and afraid. However, the course of the disease and the symptoms often vary with the individual.

The cause of Alzheimer's disease is not fully understood. While advanced age is a risk factor, not everyone who becomes old develops this disease. It is also important to know that Alzheimer's disease is not contagious. In 2007, it was estimated that there were 5 million people living with Alzheimer's disease in the United States. That's a lot of people, and it is not something to be ashamed of. In fact, many famous people have suffered from Alzheimer's disease. Ronald Reagan, the 40th President of the United States, was diagnosed with Alzheimer's disease in 1994.

There are currently no medicines to cure Alzheimer's disease, but some are able to slow the symptoms. Friends and family can also help to improve the person's well-being and quality of life. For example, in Alzheimer's disease long-term memory remains surprisingly intact even though short-term memory is severely impaired. Memories that are most likely to be preserved are those that had special significance to the person. In this book, Chersheng uses a story cloth to stimulate Grandfather's long-term memory to enhance communication and understanding between them.

Hais txog ntawm kev kab mob Tsis Nco Qab

Nyob rau hauv Yawg zaj paj ntaub dab neeg, Chersheng yawg tau muaj ib tug mob hu ua dementia, uas lub ntsiab lus yog yuav ua rau ib tus neeg ruam zuj zuj mus nrog rau kev tham tau nrog neeg ua ke. Ua ntej no dementia yog ib yam kab mob uas yuav kis tau los ntawm ntau yam kab mob, Kab Mob Tsis Nco Qab yog yam uas muaj feem ntau tshaj.

Tus kab mob Tsis Nco Qab (Alzheimer's disease) yog ib yam kab mob ua nws tua paj hlwb cov leeg ntshav, tsis pub lub paj hlwb ua hauj lwm. Ib tus neeg uas tau muaj yam kab mob raws li tau hais no yuav ua rau nws tsis nco qab thiab muaj teeb meem txog tsis nco qab thiab tsis tau taub kev xav. Tus kab mob no yuav ua rau ib tus neeg tsis paub xav deb xav ze, nyuaj hais lus rau lwm tus thiab tej kev hauj lwm txhua txhua hnub. Yam kab mob no yuav ua tau rau tus neeg ntawd tsis meej pem thiab ntshai heev. Tamsis mas, nyob raws ntawm cov neeg thiab vim ib txhia neeg kuj coj txawv ib txhia neeg thiab.

Tus kab mob Tsis Nco Qab (Alzheimer) no tsis muaj leejtwg paub hais tias nws hos pib li cas. Yog thaum ib tus neeg twg laus zuj zus lawm, nws yuav yog ib qhov tsis zoo vim hais tias qee tus yuav mus zoo li no. Nws tseem ceeb heev kom sawv daws paub txog tus kab mob. Nyob rau xyoo 2007 xwb, muaj xws li 5 million tus neeg nyob nrog txoj kev kab mob Tsis Nco Qab los si Alzheimer disease nyob rau teb chaw ameslikas. Ntau kawg twb muaj yam kab mob no lawm, nws tsis yog ib yam uas yuav txaj muag txog. Qhov tseeb, muaj qee tus neeg uas muaj suab muaj npe yeej muaj yam kab mob no thiab. Ronald Reagan, nws yog tus 40th nom nyob rau hauv teb chaws Ameslikas, twb muaj tus kab mob Tsis Nco Qab no thiab nyob rau xyoo 1994.

Yeej tsis muaj tshuaj los kho tau tus kab mob Tsis Nco Qab (Alzheimer) no, tamsis mas ib txhia kuj ua tau kom tus kam mob pib qeeb zog. Cov phoojywg thiab tsev neeg yuav pab tau tus neeg mob yog hais tias lawv nyob nrog tus neeg mob ntawd thiab tu kom nyob lub neej huv. Xws li hais tias, tus kab mob Tsis Nco Qab cov kev nco kom tau ntev tseem nyob tau ua ke tiamsis mas cov kev nco ib pliag xwb yuav piam. Cov kev nco qab uas yam yuav muab coj los kaw tseg yuav yog qhov tseem ceeb tshaj rau tus neeg ntawd. Nyob rau hauv phau ntawv no, Chersheng siv daim paj ntaub dab neeg los qhia Yawg qhov kev nco ntev los pab qhia lub ntsiab lus thiab kom tau taub ntawm lawm sawd daws.

30

More About the Hmong and Story Cloths

In ancient times, a tribe of people called the Hmong lived in China. During the 19th century, oppressed by the Han Dynasty, many of the Hmong migrated to remote areas of Laos, Vietnam, and Thailand in an effort to maintain their cultural identity. Those migrating to Laos lived in the highlands where they farmed, planted rice fields, hunted, and raised chickens and pigs.

During the Vietnam War, the Laotian Hmong were widely recruited by both the Communist Pathet Lao and the United States (U.S.) Central Intelligence Agency (CIA). Those serving the U.S. effort monitored transportation routes, gathered intelligence information for the CIA, and rescued U.S. pilots who had been shot down by the communists. When the communists took control of Laos in 1975, the Hmong who had served the U.S. were forced to flee Laos or suffer severe punishment or death. Many escaped

by crossing the Mekong River so they could live in refugee camps in Thailand. It was in these camps that they remained until resettlement opportunities became available in other countries. Those choosing to settle in the U.S. began arriving as early as 1975.

While living in refugee camps, Hmong women began using their superior needlework skills to develop a new form of textile art referred to as story cloths. During this time of confinement, men joined the women in making story cloths as well. To make a story cloth, a square or rectangular piece of fabric is selected, and images are drawn onto the fabric. Long satin stitches of multi-colored threads are used to fill the images. Delicate stitches are then added to apply detail. The cloth is often finished with a border of triangles. Images often depict village life, cultural celebrations, war, and escape to refugee camps. The sale of these story cloths provided refugees with money to buy needed supplies.

Muaj txuas ntxiv txog ntawm Hmoob thiab Paj Ntaub Dab Neeg

Nyob rau puag thaum ub, muaj ib pab neeg hu ua Hmoob nyob rau Saum teb. Nyob rau 19th century (Ib txhiab cuaj pua). Han Dynasty tau muaj kev caij tsuj thiab tsis hauv xeeb, muaj ntau tus Hmoob thiaj li tau khiav mus nyob rau lwm qhov chaw xws li Nlog, NyabLaj, thiab Thaib es lawv thiaj li yuav nyob ywj pheej nrog lawv tej kev ntseeg. Cov uas tau mus nyob rau Nlog nyob rau saum roob siab tsuas yog ua liaj ua teb, cog nplej, tua nas tuag noog yos hav zoo, thiab yug qaib thiab npua.

Thaum ua Rog nrog NyabLaj liab, Nplog thiab Hmoob tau mus koom tes nrog Communist Pathet Lao thiab United States (U.S.) Central Intelligence Agency (CIA). Cov uas koom tes nrog U.S. ces tsuas yog sib pab nrhiav kev tawm, nrhiav tswv yim los pab CIA, thiab pab cov U.S. cov tsav davhlau yog thaum lawv mag tua los ntawm communist. Thaum communist los txeeb teb chaw Nplog nyob rau xyoo 1975, cov Hmoob uas tau pab U.S. tau mag xa tawm hauv Nlog teb los yog lawv yuav raug mob los ntsib kev tuag. Ntau tus tau khiav dim hla dej NajKoom es lawv thiaj li yuav tau nyob lub neej tawg rog hauv Thaib teb. Yuav tsum tau nyob lub nroog poob teb chaws no ua ntej es mam li nrhiav kev tawm mus nyob rau lwm lub teb chaws. Cov xav mus nybo rau Ameslikas thiaj li pib mus Ameslikas txij li xyoo 1975.

Thaum tseem nyob hauv lub nroog poob teb chaws cov poj niam Hmoob tau muab lawv lub tswv yim los pib ua paj ntaub thiab kos duab uas tau muaj lub npe hu ua paj ntaub dab neeg. Lub sij hawm no, cov txiv neej los kuj nrog cov pojniam sib koom tes uab paj ntaub thiab. Yog yuav ua paj ntaub dab neeg, yuav tsum taus xaiv cov hnub qub pebceg los yog plaub ceg thiab yuav tau kos cov duab rau daim ntaub. Cov xov liab, xov xiav, thiab xov dub mam li muab los xaws cab nrog rau cov duab kos. Mam li ho muab cov xov me coj los cab ntxiv rau cov ntsiab lus thiab yam tseem ceeb hauv daib paj ntaub. Thaum daim paj natub ua tiav lawm yuav muaj ib cov hnub qub peb ceg ntxiv coj los xaws raws daim ntug paj ntawb. Cov duab ntawd yuav yog los qhia txog cog neeg lub neej, kev noj kev haus, kev coj noj coj ua, tsov rog, thiab khiav mus rau nroog poob teb chaws. Cov nyiaj los ntawm cov paj ntaub dab neeg no yog coj los pab cov pej zeem poob teb chaws yuas khoom noj khoos siv ntawm neeg lub neej.